【僕はノリちゃんである】

吉野 教明

【僕はノリちゃんである】

一

僕は黒柴犬で6歳、名前はノリちゃん。

生まれたのは長崎で、どうも本名は菊恵王（きくけいおう）、というエライ血統の犬らしいんだ。その僕がなんで人間の吉野家の家族になったって？ 吉野家には、お父さんとお母さん、その子どものお兄ちゃんと小さいお兄ちゃんがいる。その小さいお兄ちゃんが末っ子で、どうしても弟が欲しくなって、お父さんに頼んで犬だけど弟分として僕がこの家の家族になったという訳さ。

僕の名前のノリちゃんの由来？ あのね、吉野家の男子は名前の下に「明」が付く四文字というルールがあるんだ。お父さんが敏明（トシアキ）、お兄ちゃんが啓明（ヒロアキ）、小さいお兄ちゃんが敬明（タカアキ）。ということで、僕は犬だけど、教明と命名された。つまりノリアキだから、ノリちゃん、というわけさ。

さて、僕は犬だけど、吉野家の三男として育てられたからなのか、実は子どもの頃から人間の言葉が分かるんだ。しかも、それだけじゃない。

ノリちゃん

その人、いや動物が何を考えているのかが分かるんだ。僕は最初、皆が誰でも人間の言葉が分かると思っていた。というか、最初、僕は人間だと思っていたんだ。だけど、そのうち、僕が育って大きくなって、お外に散歩に行くようになった。すると、なんだか僕と似たような匂いの四つ足の動物がいる。近づいてみると、えらく物分かりが悪い。しかも、彼らはワンワンとしか喋れない。いや、あいつらは、ただ吠えているんだ。あいつらにももちろん感情がある。いわゆる、喜怒哀楽というヤツだ。もちろん、僕にも喜怒哀楽はあるし、ほ乳類特有の※仲間意識もある。ただ、あいつらには知性が無いことがだんだん分かってきた。そう、それであんまり奴らがバカに見えるので、僕が一歳くらいまでは近づいてくると、威嚇してこっちもワンワン吠えたものさ。絶対に僕の方が頭がいいことが分かっていたから、自分より大きな四つ足動物でもちっとも怖くなかった。それがその内、犬という動物である事、そして僕もその犬である、ということがだんだんとわかったというわけさ。

僕が犬であることを自覚した時は、ちょっとショックだったけどね。まあ、でもお父さんと毎朝散歩に行っているうちに、僕も社会性が広がって来て、世の中には人間と犬以外にも、いろんな動物がいることが分

※仲間意識
脳には発生学的に、脳幹と大脳旧皮質、大脳新皮質、大脳新皮質の前頭前野があり、それぞれ生命維持のための本能（爬虫類脳）、衝動的な感情（哺乳類脳）、論理的で未来的な思考（人間脳）がある。この中でも仲間意識は哺乳類脳の特徴である。

かってきた。空を飛ぶ動物もいるし、土の中に居る動物もいる。

お父さんが散歩しながら「ノリちゃん、あれがスズメだよ。小さな動物はいじめちゃダメだよ。優しくしてあげるんだ。あれはカラス。とても頭のいい動物だよ。彼らは人間が何を考えているのか良く分かる動物だよ。お父さんが学生時代、ゴルフ場でキャディーのアルバイトをしているときに、フェアウエイにあるお客さんが打ったボールを、カラスが咥えて※ＯＢゾーンに持って行ってＯＢにする、いたずらカラスがいたんだ。ルール上、カラスは※自然物だから、ＯＢになっちゃう。あのカラスは、人間が困るのを見て、遊んでいたんだ」と話してくれた。

そうか、動物には人間の考えていることが分かる動物と、分からない動物がいる、ということをこの頃僕は覚えたんだっけ。その頃から、人間がどんなことを考えるのかが僕の趣味になった。そして、良く洞察することがとても楽しくなったんだ。

うちには、僕以外に沢山の動物がいる。

猫で僕の弟のサクラ。僕はペットショップで売られていて、それを小さいお兄ちゃんが見つけて飼ってもらったけど、猫のサクラは違うんだ。サクラは公園のゴミ箱に捨てられていた、小さな黒い日本猫。それを中

※ＯＢゾーン
アウトオブバウンズ（Out of Bounds 略してＯＢ）は、プレーが出来る区域外のこと ゴルフ用語で 球をＯＢに打った時のルールは1打罰で もう一度打ち直しである。つまり、実質2打の損失になる。

※自然物
木の枝、松ぼっくり、小石、動物のふん、虫など。ただし、固定されているものや生長しているもの、地面に固く食い込んでいるもの

学二年の小さいお兄ちゃんが見つけて助けたんだ。サクラは生後四～五日くらいで、元気が無くて鳴くこともできなかった。お父さんがミルクをあげても飲むことすらできない。そこで、翌日、僕が診てもらっている獣医の先生のところにお兄ちゃん達がサクラを連れて行った。先生は「死ぬ寸前です。おそらく、一週間以上、飲まず食わずだったのでしょう。今直ぐ点滴しても生きるかどうかわかりません。もし、治療するなら、野良猫に戻すのではなく、きちんと飼うと約束してくださらなければ治療はできません。もしかしたら、猫エイズになっているかもしれません。小さな命を救う為に、この猫の一生を共にすることができますか？病気であっても飼う事を放棄しませんね？」と僕らの前で言ったんだ。お父さんは仕事中でいなかったので、電話でお母さんがお父さんの病院（お父さんは病院の経営者だ）に電話して「あなた、どうするの？この猫を家族に受け入れるの？今すぐ決めて！でないと死んじゃう！」と言ったんだ。お父さんは「我々は命を救うための仕事をしている。人間であっても、猫であっても、犬であっても、命の重さは変わらない。この猫をうちの家族として受け入れよう」と言った。それで、この赤ちゃんの黒猫はその場でうちの家族になることになったんだ。この猫の赤ちゃんが入院中、生き延びるのか、それとも死んじゃうのかとても心配していたけど、それは杞憂《きゆう》だった。四日ほどすると、すっかり元気な子猫になって帰ってきた。実は飲まず食わずで小さくみえたけど、本当はもう生後一か月以上経っていた、子猫だったんだ。

この子猫は、あまりにもおてんばで本当に可愛い。僕にも年下の兄弟が出来たんだ！　この子猫は、キュートでブルーの目がクリクリしてとても可愛らしく、だれもが女の子であることを疑わないので、サクラちゃんという名前をつけた。サクラはすくすく成長し、どんどん大きくなって、僕の可愛い妹になった。お父さんとお母さんは病院で仕事、お兄ちゃん達は学校に行っていたから、家では僕とサクラの二人きりさ。サクラが来るまでは、家で番をしているのは寂しかったけど、サクラがきてからは二人でずっとじゃれ合って遊ぶようになった。

ところが半年ほどして、サクラが※発情期になった。獣医さんのところに連れて行くと「完全にオスですね。去勢しましょう」とサラリと言われた。なんと、サクラは女の子じゃなくて、男の子だったのだ！　僕もビックリしたよ、だって妹だと思っていたのが弟になったんだから・・・。それで、サクラはオスなのに、名前が四文字でないし、「明」も付かない、吉野家最初の男の子になったのさ。

ノリちゃんとサクラ

さて一年後、お父さんが何を考えたのか、赤ちゃん猫を二匹貰って来た。それまでの僕と同じで、サクラは自分がイヌだと思っていたのに、我が家に猫が来たので異種生命体を初めて見て恐怖に陥った。サクラは赤ちゃん猫を威嚇して手が付けられなくなった。僕が子どもの時に散歩して他の犬を見て威嚇《いかく》したのがデジャブの様だったよ。で、サクラはお父さんとお母さんが育児をするのを見て嫉妬し、そのストレス性の血便が出るようになって、入院することになった。かわいそうに…。ところが、獣医の先生は「三日しても四日しても、まだ下血が止まらないので、しばらく入院ですね」と言って、退院を許可しない。

　でもお父さんが急にこう言ったんだ。

「おれはサクラの気持ちが良く分かる。実は、私は今まで黙っていたけど、他の人間の考えていることが読めるんだ。いや、他の動物が考えていることも分かる。サクラは嫉妬をしたけど、今は後悔して、早くお父さんとお母さん、そしてノリちゃんに早く会いたいと渇望している。一刻も早く退院をさせてあげよう！」

　直ぐにお母さんが動物病院に電話して、何かあったら直ぐ入院させるから、一時退院させてください、と懇願してサクラは家に戻ってきた。もちろん、最初にサクラが来たのは僕のところさ。それから、サクラが

※発情期
オス猫は生後3ヶ月頃性成熟が始まる。交尾の際に見られるマウンティング（他の猫に乗りかかる）や、腰を振る動作、うなじに噛み付いて抑え込むような行為をするようになる。生後5～6ヶ月ごろには精巣が発達し、しだいに交尾ができる体へと成熟していき、生後9～12ヶ月ごろに本格的な発情を迎える。

下血することは無くなった。折が悪そうだけど、二匹の仔猫ともだんだん上手く一緒に生活するようになった。

僕も2人家族が増えて大変だけど、兎に角みんなで上手くやるしかないと思った。二匹の仔猫は、今度こそ二匹ともメス猫だった。吉野家は、女の子は季節の植物の名前にするルールになっているので、ヒマワリとモミジにすることにした。とっても可愛い妹が二人もできて、僕はとても幸せさ。ただ、その分、お父さんの愛情が少なくなったけど、大人になるってそんなものさ、と僕は自分を納得させたよ。

暫くすると、事件が起きた。サクラがまた発情期になったんだ。サクラはモミジを狙って交尾をしようとする。下血が出るくらい嫉妬していた子猫に恋をしてしまったのだ。数か月後、モミジはとっても可愛い赤ちゃん猫を五匹も出産する。サクラはやることだけやって、父親の役割を放棄してしまった。僕はモミジが子どもを産むのを見て、最初は面食らったけど、さっきも言ったように僕は他の動物が何を考えているのか分かるので、産まれた子猫達が口々に「お父さんはどこ？ お父さんはどこ？」とミューミュー泣くのが不憫で、僕がサクラの代わりに父親になることを決断したんだ。父親ってどんな感じだろうと思ったけど、お父さんの心を読んだら、ああ、こんなふうにすれば良いのか、って感じでオス犬と初産のメス猫の凸凹夫婦で、初めての育児をすることになったんだ。

これで、猫が八匹、犬が一匹、人間が四人、それにもともと僕が吉野家に来る前に、オカメインコも三羽、セキセイインコが三羽とアキクサインコが一羽いたので、なんと総勢二十四の生き物が一つ屋根の下に居る大家族がここに誕生しちゃったんだ。

二

ところで、僕のお父さんは僕の事を全く犬扱いしない。

それどころか、お父さんが今日一日あった事、明日すべき事を人間のお兄ちゃんと同じ様に全て僕に話してくれる。僕のお父さんは、医者で病院の経営もしているんだけど、お父さんが毎日話してくれるのは、患者さんの事や病気の事だけじゃない。経営の事や経済の事、時としては政治の事まで僕がこの家に来た赤ちゃんのときから、夕飯を食べながら教えてくれる。僕はそんなお父さんが大好きで、とても尊敬している。

僕は犬だから、家長が誰だかは分かっているつもりだ。でも、僕は犬だ。何もかも分かっているんだけど、ワンワンとしか喋れない。お父さんにもそれが言えない。とても歯がゆいのだけど、それはそれで仕方がない。僕は喋れない事は諦めているけど、一つだけ諦めていないことがある。それは、この世に生を受けたからには、何かこの世を良くしてから死にたいという事だ。そう、僕は確かに人間ではなく犬だけど、この世に生きた足跡《そくせき》をなんとか残したいと、とっても強く思って生きているんだ。

僕がどうやって勉強しているかって?

それは、お父さんから話を聞くことさ。お父さんは本当によく勉強する。本は、年に四〇〇冊は読破していて、並べると八メートルは超える。時にはウザいんだけど、その本を読んだ感想や、筆者が間違えている、あるいは意見が違うことを僕に話してくれるのさ。特に、仕事が終わって家に帰って来てから晩酌しながら、僕にいろんな話をするんだ。

以前、こんなことがあった。お父さんがやっている社長塾で、塾生に※帝王学を明日講義する、と言っていた時だ。お父さんは、自分で自分に言い聞かせるようにこういうんだ。

『ノリちゃん、明日は帝王学の講義だ。経営者として、帝王学を学ぶ

※帝王学
王家や伝統ある家系・家柄などの特別な地位の跡継ぎに対する、幼少時から家督を継承するまでの特別教育を指す。学と名はついているが明確な定義のある学問ではなく、一般人における教育には該当しない。「人の上に立つ者がどうしても身につけておかねばならない学問」、つまりリーダーの「人間学」である。

ことはとても大事だ。でも、残念ながら、帝王学という言葉や本はあっても、学問としても帝王学は無い。だから、帝王学は※一子相伝。そもそも、「王」と「皇帝」と「帝王」の違いが分からなければならないんだよ。

先ずね、「王」は一般的には、ある国家の支配者だ。でも、その国家とは、いまの国連に加盟するような国の単位ではない。云わば、江戸時代の藩と同じ。日本も江戸時代までは県ではなくて藩だった。つまり、日本では藩主が王だったわけだ。例えば、ヨーロッパでは、イタリアは一八六一年にイタリア王国として統一されるまでは小さな王国が連なる都市国家だった。それまでは、サヴォイア公国、チザルピーナ共和国、ヴェネツィア共和国、ラノ公国、ジェノヴァ共和国、サルデーニャ王国、シチリア王国、トスカーナ大公国など、いろんな小国の集まりだったんだよ。つまり、王とは、今で言えば県知事と同じ。王国では王は世襲で、そして共和国の多くでは貴族達から選ばれた。今で言う、選挙だね。あるいは、戦争して勝利することで王国を併合することもあった。だから、世襲・選任・任命、という三つの形で王はその座に就いたんだ。

ノリちゃん、今も小池百合子東京都知事の問題があるでしょう？

※一子相伝　学問や技芸などの師が、その奥義や本質を自分の子どもの中のひとりにだけ伝えて、他の者には秘密にすること。

※細川護熙（ほそかわ　もりひろ）　関ヶ原の戦いなどで活躍した戦国大名・細川忠興の直系子孫で、肥後熊本藩主だった肥後細川家の第18代当主。朝日新聞記者を経て政治家となり、参議院議員（3期）、熊本県知事（第45・46代）、衆議院議員（2期）、内閣総理大臣（第79代）。

小池都知事は、選挙で選任されて都知事になったけど、※細川護熙氏のように世襲政治家として熊本県知事になった者もいるし、横浜市の区長のように、市長が選任して辞令によって区長を公務員から決める場合もある。昔の王は、このように世襲される王、選挙で選ばれる王、辞令で王になる者、さらには戦争で侵略して異文化異民族の王がその国を治める場合があった。だから、中世のヨーロッパは、王の力量によって、国が衰退したり、滅びたり、あるいはどんどん大きな国になったりしたんだ。それを纏めて、どのようにしたら上手く国を治めることができるのかを著したのが、※マッキャベリという人が一五三二年に書いた「君主論」だ。マッキャベリは、歴史上の様々な君主と君主国を分析して、君主とはどうあるべきなのか、そして君主として権力を獲得してこれを保持し続けるにはどのような徳が必要かなどを論じたんだよ。現在も「君主論」は、現実主義の古典として社長達からはバイブルとされているのはその所以だよ、ノリちゃん。

お父さんも、精神科病院の再建事業として、創業者一族とは全く違う血の人間として、一匹狼で理事長としてこの病院に入った。そして、とても苦労してこの病院を再建した。君主論では、違う民族・違う宗教・違う貨幣の国を戦争によって収めた時、その近隣諸国と如何に上

※マッキャベリ
ニッコロ・マキャヴェッリ　イタリア、ルネサンス期の政治思想家、フィレンツェ共和国の外交官。著書に『君主論』『ティトゥス・リウィウスの最初の十巻についての論考（ディスコルシ）』、『戦術論』がある。理想主義的な思想の強いルネサンス期に、政治は宗教・道徳から切り離して考えるべきであるという現実主義的な政治理論を創始した。

手く政治的に付き合っていくのかを強く説いている。マッキャベリは「民衆というものは、頭を撫でるか、消してしまうか、そのどちらかにしなければならないことである」ともいっている。これは、病院経営でいえば、従業員全員を味方にするか、あるいは全員解雇するか、ということになるんだ。マッキャベリは、民衆を被治者としてだけみるのではなく、潜在的に有害な敵にもなりうる存在とし強く認識すべき、といっていたんだ。ま、お父さんは当然前者を採って、全員従業員を残す選択をしたんだ。大変だったけどね。

この前、アメリカで黒人を警察官が膝で九分以上も首を押さえて殺してしまった※事件があったよね、ノリちゃん。それによって、巨大なデモが起きて、アメリカ中が暴動になっている。そう、国民がトランプ大統領を選んだのに、今ではそのアメリカ国民がトランプ大統領の敵になってしまったので、トランプ大統領は軍を出すといっているでしょ。だから、君主である社長は、常に社員の心を分析しなければならないんだよ、ノリちゃん。

また、お父さんが次の病院再建のときには、お父さんが十八年前に創業した医療法人と業務提携をする形をとった。これは、マッキャベリが「君主　国には、君主が大きな権限を以って行政を担う大臣を任

※米黒人暴行死事件
２０２０年５月25日、米中西部ミネソタ州のミネアポリス市で、白人警官のデレク・ショービン容疑者（44）が、偽造の20ドル札使用の疑いで、２児の父親である黒人男性ジョージ・フロイド氏（46）を拘束した。その際に、フロイド氏は約９分間にわたり首を膝で地面に押さえつけられ、死亡した。彼は、首を圧迫される中で、「お巡りさん、息ができない」と訴え、この様子を記録した動画がネット上に拡散したことで同市をはじめ全米各地では憤った黒人を中心に抗議の蜂起が発生し、一部では放火や略奪などが続いている。地元捜査当局は５月29日、免職となったショービン容疑者を逮捕した。

命して集権的に統治する様式と、元々その地域で支持を得ている諸侯にある程度の自律性を認めて、君主が分権的に統治する様式の二つがある」といっている、後者を採ったんだ。前の理事長をそのままその病院の院長に任命して全権を委ね、以前の経営の文化や手法を尊重してそのまま残したんだ。このように、お父さんは常に古典を勉強して経営して実践・反省・改善し、その生きた経営哲学を社長塾で受講生の経営者の皆さんに伝えているんだよ、ノリちゃん。

次が、いよいよ帝王学だ。皇帝は武力で侵略した巨大国家の王だ。かつてのローマ帝国、モンゴル帝国、大英帝国などがこれだ。今でいえば、アメリカ合衆国、旧ソビエト連邦、そして今の中国もこれに当たる。強大な軍事力が帝国をつくる。これに対して、帝王とは徳によって国を治めるんだよ。我々経営者が参考にすべきは、当然、帝王であり、それを治めるための帝王学だ。帝王学を学ぶのに、良い例がある。それが、今から五〇〇年以上も前、エリザベス女王一世とその従妹のメアリースチュワートの話だ。今でもイギリスは、イングランド・スコットランド・ウェールズ・北アイルランドの四つの国の連邦国家で、正式名称は「グレートブリテン及び北アイルランド連合王国」だ。歴史的にも、この各国は王国で、それぞれ王様がいた。それを、

フロイド氏の頸部を圧迫する白人警官のショービン容疑者（2020年5月25日）。ネット上の動画より

現在はイングランド王国の帝王である、エリザベス女王二世が治めている。

ノリちゃん、そのご先祖のエリザベス女王一世のときにこんなことがあったんだ。スコットランドでイングランドの王位継承権を持ちながら、カトリックとして生まれたメアリー・スチュアート。メアリーの父であるジェームズⅤ世が、メアリーの生後六日で亡くなり、0歳にして彼女はスコットランド女王になった。その後、フランスに渡ってフランス王宮で彼女は育ち、十五歳でフランス王太子と結婚して十六歳でフランス王妃になるものの、十八歳で未亡人となって母国のスコットランドに戻り、スコットランド王位についた。ところがメアリーの不在の間、スコットランドではプロテスタント勢力が台頭し、メアリー不在の間、国務をしていた指導者や大臣らはカトリックの女王が快くないので何度も陰謀や内乱を画策したんだ。一方、そのころイングランドではエリザベスⅠ世が二五歳で即位。しかし、王位継承者がいなかったため、エリザベスは早く結婚して世継ぎを生むよう周りから圧力を掛けられていたんだ。そんなとき、メアリーは同じスチュアートの血を引くダーンリー卿ヘンリー・スチュアートと結婚して息子のジェームズを出産する。ジェームズは、イングランドとスコットランドの両王位継承権を持つ子どもだから、イングランド宮廷は動揺した。だって、メアリーがエリザベスに代わって王位に就くだけでなく、息子が王になって院政ができるかもしれないからだよ。しかし、エリザベスは愛する人がいたとしても、王位継承権の争いを避けたかった。自分の心と感情を犠牲にしてでも、帝王学として、皇帝はイングランドを守らねばならないから、蜂起する群衆を鎮めるために、従妹のメアリーを死刑に処したんだ。その後、メアリーの息子のジェームズが王位に就く。エリザベス女王は「私は英国と結婚している」として生涯独身を貫き、帝王として一生を終えたのだよ、ノリちゃん。

このように、帝王学とは、

1、支配者でありかつ、指導者であり、常に最終責任をとる覚悟を生来持たねばならない。
2、全ての人を敵であっても愛する心を備えてなければならない。
3、自分より強い者に対峙しても、勇気を奮い立たせる強い意志を持たねばならない。
4、足下である民衆と、広い世界を同時にとらえる感性を持たねばならない。
5、失敗は絶対に許されない立場である、という究極の考えを持たねばならない。

6、帝王学を求められる者は、本人が好む・好まないという選択の機会を与えられない。

という、考え方なんだよ』

…まあ、常にこんな感じで、お父さんは犬の僕にこんな話を毎晩する。だから、ただでさえ、他の生き物の気持ちが分かるのに、僕は犬にしては人間のことがすごく良く分かるようになったんだ。

三

さて、お父さんは去年、令和元年（二〇一九）から、今までとは全く違う治療を今の診療所に導入した。

それは、量子物理学的治療だ。そもそも、何故量子物理学的治療が必要かといえば、癌や自己免疫疾患などは、現在の西洋医学では治らない。もっと、正確にいえば、西洋医学では、対症療法で対応できないレベルにまで疾患が進行してしまうと、これら疾患を治せないのだ。西洋医学とは、薬と手術。ところが、お父さんのいう量子物理学的治療とは、波動による電磁波の治療のことだ。

ところが、お父さんに言わせれば、医療界には触れてはならない掟が多数あるんだって…。その中の一つが量子物理学なんだ。現代医療の基本である西洋医学は、化学と古典物理学であるニュートン力学、たったこの二つだけで治療することが求められている。

ニュートン力学とは、僕達が生活しているこの三次元の世界でだけ成立する物理学だ。まあ、犬の僕がいうのも何だが、厳密にはこの地球上でも実際は四次元以上の現象が存在している。ニュートン力学は慣性の法則、運動の法則、そして作用反作用の法則の、三つの法則がその基礎だ。慣性の法則と呼ばれる第一法則は、物体に力が働かなければ、物体は静止したままか、等速度運動を続けるというもので、十六世紀末〜十七世紀にかけてガリレオ・ガリレイによって提唱された。

そして、運動の法則と呼ばれる第二法則は十七世紀末にアイザック・ニュートンによって確立され、物体に力が働けば、その物体には加速度が生じる現象だ。物体の質量をm、働く力をF、加速度をaとすると、F=maなる関係があるというもので、人間は中学校で習う。

さらに、作用反作用の法則と呼ばれる第三法則は、力は物体と物体の間に作用し、物体Aが物体Bから力を受ければ、その反作用として、物体Bは物体Aから、逆向きの同じ強さの力を受けるというもので、これもニュートンによって確立された。このレベルだと、人間は高校で習う。こんな話を犬の僕に言うのだからたまらない。

で、これら古典物理によって行われる医学が、触診・視診・打診・聴診、そしてこの究極が解剖学に基づいてマッピング（地図を作ること）された生きた動いている臓器に手を加える手術なんだそうだ。お父さんに言わせれば、生理学も完全にニュートン力学の範疇に入る。

そして、ニュートン力学による一つの治療とは外科であり、もう一つが化学だ。化学によって生まれた医学が生化学だ。この生化学に基づいて行われる医療が薬理学であり、この薬理学に基づいて行われる治療が、内科学だ。だから、かつては外科と内科しか診療科は無かったのだ。産科も耳鼻科も歯科も、手を動かすのはニュートン力学=外科系。精神科も循環器も麻酔科も、薬で治すのは生化学=内科系。

そもそも、治療は診断に基づいて行われる。診断の原点は問診による患者とのやり取りだけど、これは大変に人間力を要する。犬の僕がいうのもなんだけどね。保険診療では人間力を期待するまでもない最低の医療なんだけど、犬とはいえ、これを僕が話すと一年以上かかるからここでは、全て割愛する。

その問診によって行われるのが各種検査だ。古典的には聴診器を用いて呼吸音などを探る方法、目の瞳孔の開きやその左右差をみて交感神経と副交感神経のどちらが優位に働いているかを診る方法、それに続いて右脳左脳のどちらが優位に働いているかを診る方法、口の中を診て口臭を嗅いで糖尿病臭がするか癌臭がするか、また舌の裏を見て動脈が怒張しているか、静脈が浮腫しているかで、心臓・肝臓・腎臓・脾臓のどこに異常があるかを診る方法、また脈診をとって右心室・右心房・左心室・左心房のどこが異常かを診る方法、また関節を医師が動かしてその伸展収縮や痛みを診る方法だが、これらは全てニュートン力学的診断だ。ところが、これをするには才能と訓練が必要だ。つまり、この診断方法では、名医とヤブ医者に明確に分けられてしまう。

僕らのように、犬や猫は喋れないのに、それでも診断する獣医の先生が行う診断は凄い。だから、獣医さんも名医とヤブ医者に分かれてしまう。血液検査などはその最たるもので、検査名も「一般血液生化学検査」とズバリその物。一般血液検査はニュートン力学的に血球の数をただ一個二個三個と数えているだけだし、化学検査とは※γ-GTPなどの化学物質とその量を測定することだ。

※γ-GTP
ガンマグルタミルトランスペプチダーゼの略で、アミノ酸の生成にかかせない酵素。胆道から分泌され、肝臓の解毒作用に関わっている。たんぱく質を分解する酵素の一種。飲酒量が多いときや胆道系疾患などで値が上昇し、肝機能の指標とされる。このため血中のγ-GTPを検査することで、アルコール性肝機能障害・胆道の圧迫や閉塞・肝硬変・慢性肝炎などの早期発見が可能になるといわれている。

そこで、ヤブ医者を名医にするために出始めたのが、量子物理学による診断だ。この場合の量子物理学は、主に電磁波による学問だ。電磁波には粒子と波の性質があり、のちに※ボーアや※シュレーティンガーやアインシュタインが論争する事となるが、それは説明するのが大変だし、僕は犬なのでここでも説明は割愛する。

名医とヤブ医者を無くすには、量子物理学的に電磁波を使って検査することで、誰でもその結果を明視化できるようにすることだ。そう、いわゆる一目瞭然、というヤツだ。この電磁波による検査方法は一九九〇年頃から行われ始めた。最初がX線という電磁波を使って体内の硬組織を診る方法だ。これがX線撮影であり、一九〇一年の第一回ノーベル物理学賞がX線を発見したレントゲン博士に授与された。次がアイントホーフェンによって発明された心電計（心電図）だ。彼は一八九五年に世界初の実用的な心電図（ECG・EKG）を発明し、一九二四年に「心電図のメカニズムの発見」の功績によりノーベル生理学・医学賞を受賞した。これが、後のCTやMRI、PET‐CT、SPECTなどの画像診断に繋がる。これらは核医学や磁気共鳴医学等といわれ、完全に量子物理学を応用した医学だ。

しかし、ここには不文律がある。量子物理学は、西洋医学では、診断

※ボーア
ニールス・ボーア。デンマークの理論物理学者。量子論の育ての親として、前期量子論の展開を指導、量子力学の確立に大いに貢献した。

※シュレーティンガー
エルヴィン・シュレーディンガー。オーストリア出身の理論物理学者。波動形式の量子力学である「波動力学」を提唱。次いで量子力学の基本方程式であるシュレーディンガー方程式やシュレーディンガーの猫を提唱するなど、量子力学の発展を築き上げたことで名高い。1933年にイギリスの理論物理学者ポール・ディラックと共に「新形式の原子理論の発見」の業績によりノーベル物理学賞を受賞。

にこそ量子物理学を使っても良いのだが、治療に量子物理学を使ってはいけないのだ。いけないどころか、量子物理学を治療に用いると、トンデモ医学とか、インチキ医学とか、オカルト医学、といわれるし、またそういう様に学生時代に医学部で教育を受けるのだ。

ところが、この量子物理学による治療を古くから応用していた治療がある。これが漢方薬と鍼治療だ。漢方薬を生化学、つまり薬理学で治療するとどうしても辻褄が合わなくなる。例えば、漢方薬の麻黄湯《まおうとう》はインフルエンザにも、今問題の新型コロナウイルスにも著効する。その成分をクロマトグラフィーなどで抽出してもせいぜいエフェドリンくらいしか生化学的には発見できない。つまり、化学だけでは抗ウイルス作用を説明できないんだ。さらには、麻黄湯のシグナル、まあ厳密には違うけど周波数ととらえてもよい、を計測して、それを量子物理学的にそのシグナルを水に与えて飲むと、麻黄湯と同じように効くんだ。

もちろん、麻黄湯のエフェドリンも生化学的には効いているのだけれども、それだけでは漢方薬が効く説明ができない。麻黄湯には、人間のインターフェロン活性や細胞内のウイルスなどを消化分解する※オートファジーを活性化する量子物理学的シグナルを持っている。それは、生化学的に成分を抽出しても、出てこないのだ。

※オートファジー
オートファジーは、酵母や植物、動物など、すべての真核生物に備わっている細胞内の浄化・リサイクルシステム。細胞内の変性タンパク質や不良ミトコンドリア、さらには細胞内に侵入した病原性細菌などを分解して浄化することで、さまざまな病気から生体を守っている。

この、量子物理学を積極的に研究していたのが、旧ソ連の化学者達だ。これによってできた学問が、流体力学、レーザー、そしてそのレーザーを用いて癌や感染症を治療する※Photodynamic therapyなどの量子物理学的治療だ。もちろん、最近みんなに知れ渡ってきた、メタトロンという器械もその範疇に入る。

でも、西洋医学は量子医学を徹底して排除する。それは、医師に与えられる『ノーベル医学生理学賞』という名称からも分かる。癌治療薬のオプジーボも、新型コロナウイルス治療薬のアビガンも、レムデシビルも、すべて生化学的に合成され、DNAやRNAの増殖をニュートン力学的に阻害、要するにただ邪魔をするだけの薬だ。何が何でも、ノーベル量子物理学医学賞は創設しない。

量子物理学を医療に応用したら、薬と手術が不要になるからだ。薬と医療機器は、全てニュートン力学と生化学でなる産業であり、既存の製薬会社と医療機器メーカーを守るためにも、何がなんでも治療に量子物理学を使うことは阻止しなければならない。その阻止するための資金源は、最後は全てロックフェラーとロスチャイルドのユダヤマネーに繋がるんだ。その金額は、年間数兆〜数十兆円、時としてさらにそれより上の資金だ。

※Photodynamic therapy
光線力学的療法（PDT）は、腫瘍組織や新生血管への集積性がある光感受性物質を患者に投与した後、組織にレーザー光を照射することにより光感受性物質に光化学反応を引き起こし、細胞を変性・壊死させる治療法で、癌細胞に対して行えば癌治療、細菌感染を起こす細菌に行えば感染症治療が行える。旧ソビエトがレーザーと共に開発した治療。

※レメディーも鍼も漢方薬も量子物理学の治療だけど、治療費の原価は数円～数万円だから、資金規模や事業規模で勝てるわけがない。それどころか、ニュートン力学と生化学の医療を死守するために、医師や政治家、役人、政党、規制団体、既得権益に酒池肉林どころか兆を越えるマネーが流れている。彼ら※ディープ・ステートにとって、患者、国民の健康どころか、人間の命さえカネづるなのだ。ノーベル賞すらその為に出来たことを誰も知らない。だから、ノーベル医学生理学賞を受賞した大センセイ方が、その後カネの問題でゴタゴタしたり、異常なまでの政府の名誉職に就いたりするのだ。

もう、ここまで言えば、どんな人間でもわかると思うが、高学歴高偏差値名門大学の医師ほど、最終的に研究費がこれら医療マフィアから来て、優秀な医師ほど賞を受賞したり、研究協力費の名目でカネも入るので、「生化学による治療が素晴らしい！」という洗脳が若いうちから医師に掛かる。

今回の新型コロナウイルスの専門者委員会などその際たるものだ。犬の僕がいうのもなんだが国立〇〇センター、大学病院等というのは洗脳者集団の吹き溜まりだもん。

幸い、お父さんは鍼灸漢方医の家系十一代目で、幼児のころから鍼治

※レメディー
ホメオパシーでは、「超微量の法則」に基づき、植物や鉱物などを高度に希釈した液体を小さな砂糖の玉にしみこませる。この砂糖の玉をレメディーと呼ぶ。

※ディープ・ステート
日本語では「影の政府」「闇の政府」などと呼ばれ、選挙によって正当に選ばれた政府とは別の次元で動く「国家の中の国家（state within a state）」のこと。「国際金融資本家」とも呼ばれ、元々はロスチャイルド、そしてロックフェラーといったユダヤ系の人々である。

療や漢方薬に親しんできたので、洗脳には掛からなかった。むしろ、お父さんはニュートン力学と生化学しかしない治療の方が間違えに見えた。本来、東洋医学と西洋医学はかち合う事はない。むしろ、生化学的治療と量子物理学的治療を組合せ、医師も歯科医師とも組み合わせる。そして、患者の健康と生命のみならず、この宇宙の創造主である神を幸せにすることが、本来の医療だと犬の僕でも思うんだ。

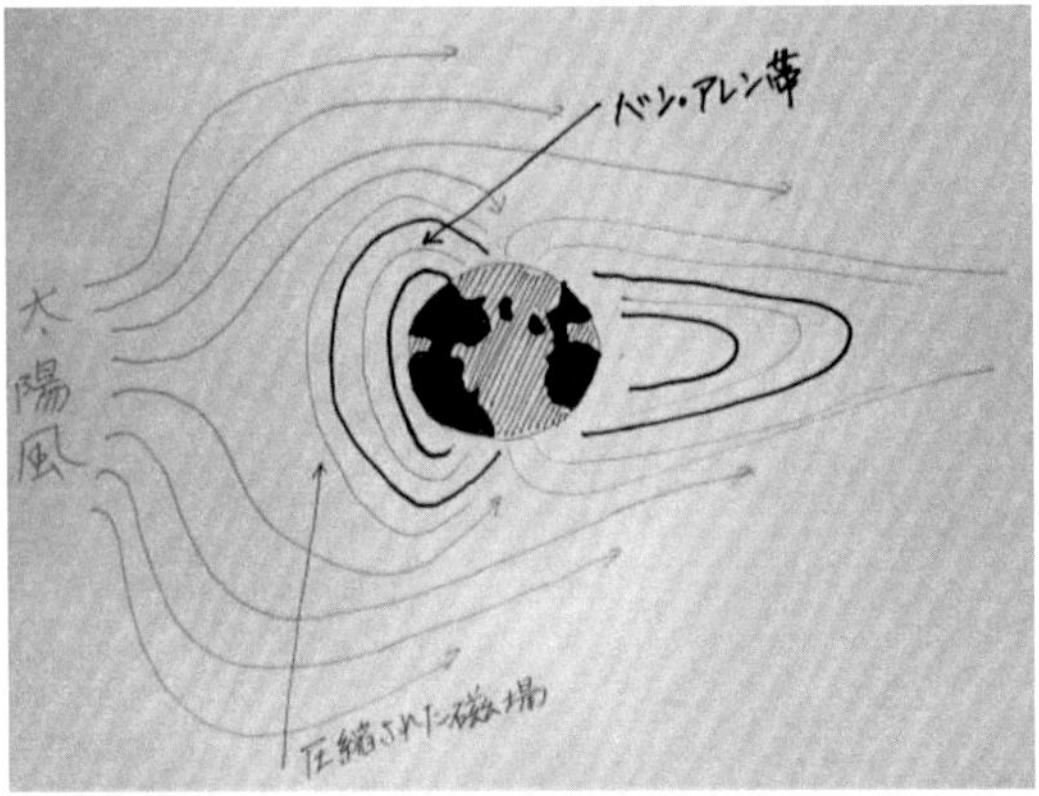

　もう一つ、人間が量子物理学を医療に使うと、天体や太陽の位置、月の満ち欠けや星座などを気にせざるを得ないそうだ。僕も犬だから、満月になると遠吠えしたくなるから良く分かる。なぜならば、我々地球上の生命体が、最も影響を受けているのが、太陽からの※太陽風、つまり量子物理学的な各種電磁波だからだ。

※太陽風
太陽系には、太陽や惑星とそれらの衛星、小惑星など、たくさんの天体が存在している。これらの天体と天体の間の宇宙空間は、太陽からふき出した、電気を持った高温の粒子（プラズマ）や磁場で満たされている。このプラズマの流れが「太陽風」。太陽風はものすごいスピードで惑星間空間を流れていて、太陽から地球までの１億５０００万㎞をわずか数日で飛んでくる。

これが、季節の移り変わりによる気温の寒暖や湿度の変化のように、電磁波の変化も天体の位置によって大きく変わるんだ。

地球には地磁気がある。地球の地下何十キロも奥に存在する溶けた鉄。この溶けた鉄であるコアは自転しながらN極とS極を持つ双極磁場を生み出している。これは普通の棒磁石と全く同じ構造だ。これに、太陽から降り注ぐエネルギーが、この単純な形状の磁場を歪曲させ、地球磁気圏と呼ばれるユニークな形状になっている。※フレミング左手の法則だ。

お父さんが手書きした図だが、犬の僕が説明すると、これがそのエネルギーの分布になる。太陽は常に太陽風を送り続けていて、この太陽風は高エネルギーか電子粒子イオンなどによって構成される。これらの粒子は、宇宙空間を光速で飛んできて地球を取り巻く電磁場に衝突する。

そのため、地球の磁場は太陽風の圧力とエネルギーに変更するまで歪曲する。この二つの力が相互作用をする空間を弧状緩衝域というんだ。一方、太陽と反対側の磁場は長く、外円に伸ばされるこの磁気の方は地球からはるか遠くの宇宙空間に向かってずっと伸びていく。いわゆる※バンアレン帯はこの力の拮抗する電磁場の二つの区域を指すんだ。このバンアレン帯では、生物の遺伝子を変異させたり、精神に異常を来したり、免疫を低下させるX線やβ線などの高エネルギー粒子などは一部捕らえ

※フレミング左手の法則
磁界の中で電流が流れると、電磁力が発生します。この力をローレンツ力という。この現象における磁界の方向・電流の方向・電磁力の方向はフレミング(Fleming)の左手の法則という。

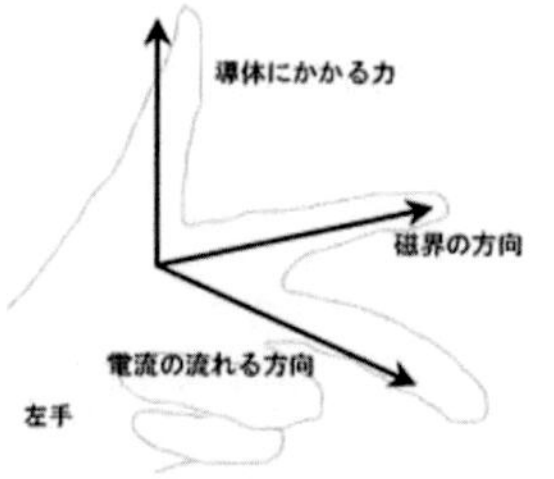

られる。そして、これら粒子は、絶え間なく南北両端をつなぐ磁界の管の中をらせん運動し、この中に捕まってしまい交互に跳ね返っている。この太陽風エネルギーと地球の電磁場エネルギーとの相互作用は、膨大な電流を発生させる、それは数十億ワットにものぼる壮大な電流なんだ。そして、この電流が電離放射線や多彩な電磁波を発生させているんだ。

これら天体の活動による電磁波を始めとする量子物理学的エネルギーの影響を受け、海水の潮の満ち引きが起きたり、女性の月経周期が起きたり、出産や自殺などが新月や満月の時に偏って起きたりする。僕ら犬が満月に向かって遠吠えするのも、この現象で説明できる。

そして、巨大な量子物理学的エネルギーを受けることで、ぼくら地球上生命体は、遺伝子を変異させて進化したり、あるいは絶滅したり、疫病が発生したりしたんだ。

だから、星占いとはファンタジーではなく、生まれた日の天体の位置による、量子物理学的エネルギーの種類や強さによって、受精卵がどの様にこの量子物理学的エネルギーを受けて卵割（細胞分裂）の仕方に影響を受けたり、エクソソーム（細胞が分泌する生理活性物質）をどの様に出して発育に影響を受けたか、という量子物理学の影響を言っていることなんだ。なんにもオカルトでもなければ、インチキでもない。そう、

※バンアレン帯
赤道上空を中心に、地球をドーナツ状にとりまく、高エネルギーの粒子が多量に存在している領域。放射線帯ともいう。

量子物理学的医療とは、生化学によって行われる治療を凌駕《りょうが》した、科学的治療そのものなのだ。

だから、星占いでは生まれた日と場所に執着する。その日とその場所の量子物理学的エネルギーが異なるからだ。子どもは、大人よりあらゆるエネルギーを受けやすいし、僕達犬や猫のような小動物の方がもっと量子物理学的エネルギーは受けやすい。さらに、受精卵やミトコンドリアなどの細胞内小器官など殊更に影響を受けやすい。

これまで、この量子物理学的エネルギーによって、核酸であるDNAやRNAが変化することは知られていたけれども、そのエネルギーは、従来は太陽などの天体から受ける量子物理学的エネルギーだけであった。

でも、近年になると、人間達が人工的に作った量子物理学的エネルギーによって生物に変化を起こしている可能性が多いと僕は思っている。これがラジオの普及、軍事用レーダーの普及、電気の普及による超高圧送電線の設置、TVの普及、携帯電話の普及、さらには5Gなどの量子物理学的エネルギーだ。これに加えて、人間がつくった電子レンジの普及、パソコンやスマホどころか、ハイブリッドカーの巨大なバッテリーとモーターなど身近な量子物理学的エネルギーの突然の増加によって、一九〇〇年代から、ウイルスによる疫病や、癌、精神疾患、アレルギー、自己免疫疾患など、生化学とニュートン力学では説明できない疾患が激増しているのだと思う。

だから、これら難疾患には、生体から発せられる量子物理学的波動を計測するメタトロンなどの診断機器やPhotodynamic therapy、波動をチューニングする医療機器のBicom、鍼、漢方薬など、生化学的副作用が皆無の量子医学の治療が奏功するのだと僕は思う。たぶん、お父さんはそれを見越して、昨年から量子物理学的な治療を本格的に始めたんだと思う。

だけど、これら量子医療は、薬剤という巨大医療マフィアの利権を阻害してしまう。

結論を言えば、新型コロナウイルスは全く怖くないはずだ。癌や自己免疫疾患、新型コロナウイルスの逆シグナルをかける治療で、癌や生命体ではないウイルスを※不活性化できるからだ。

でもこれは、生化学とニュートン力学を使う医療マフィアにとっては揉み消さなければならない不都合な真実なんだ。今回の新型コロナウイルス、その後、どうしても抗ウイルス薬であるアビガンやワクチンビジネスという、生化学医療にレールが敷かれていることを人間は一人ひと

※不活性化
ウイルスは、生命体ではないから、殺菌することができない。だから、ウイルスが、宿主の生体内で自由に自己増殖できないようにすることを殺菌ではなく「不活性化」という。

り、よく考えてもらいたい、と犬の僕は思う。

四

さて、世間は新型コロナウイルス真っ盛りだ。

昨年末から、中国の武漢で※ＳＡＲＳウイルスの新型が発生した、これはおかしいとニュースにはなっていた。お父さんはこの頃までは、いつも仕事が終わって家に帰ると、ケーブルテレビのニュース番組ばかり見ていた。お父さんは、地上波のテレビ放送がくだらなくてキライなんだ。夕飯を食べながら僕にニュース番組の解説をしてくれる。それで、僕も十二月頃から何か重大な感染症の事件がこの地球上で起き始めていることを知ったんだ。

なんでも、お父さんは幼稚園の頃から周りの人間がバカに見えたらしい。僕が子どもの頃に犬がバカに見えたのと同じだ。お父さんは僕にこんなことをよく言うんだ。

『ノリちゃん、お父さんはね、同じ年に生まれた子ども達だけで集まり、全員同じ教科書で国が決めたことを教わる、ということが間違っ

※ＳＡＲＳ（重症急性呼吸器症候群）
中国南部の広東省を起源とした重症な非定型性肺炎の世界的規模の集団発生が、２００３年に重症急性呼吸器症候群（ＳＡＲＳ）の呼称で報告され、これが新型のコロナウイルスが原因であることが突き止められた。病原体は、コロナウイルス科ヒトコロナウイルスは一本鎖ＲＮＡウイルス

ていることに幼稚園の入園式で気が付いたんだ。お父さんは幼稚園に入るまで、近所の子ども達と一緒に遊んでいたんだ。その中では、お父さんが一番年下だったんだよ。近所の子ども遊び集団は、上は中学生のお兄ちゃん、小学生、そしてお父さんの様に幼稚園や保育園に通う前の幼児まで、みんな一緒に遊んでいたんだ。その中には、不動産屋の子、洋服屋の子、美容院の子、クリーニング屋の子、中華料理店の子、看板屋の子など、いろんな職業の子ども達が一緒に遊んで、各々の家にも自由に出入りして、親達の異なる仕事を見て学んだんだよ。ノリちゃんは小さいお兄ちゃんがよく読んでくれたドラえもんは知っているよね？今の子ども達には考えられないと思うけど、昭和四十年代は、ドラえもんに出てくるような空き地で子ども達が野球をしたり、鬼ごっこをしたりしているのが普通だったんだ。まだテレビゲームどころか、喫茶店の※インベーダーゲームすらない時代さ。そこにはジャイアンの様ないじめっ子がいたり、スネ夫のようにそのいじめっ子に媚びへつらうものがいたり、しずかちゃんのような潔癖症の子がいたり、のび太のようにのろまであやとりしかできないような、いろんな年齢の色んな子どもがいるのが当たり前だったのさ。ドラえもんに出てくる子どものキャスティングは、今なら全員、発達障碍児にされち

※インベーダーゲーム
１９７８年（昭和53年）に発売され大ヒットした、侵略してくる宇宙人（インベーダー）を迎撃するシューティングゲーム。画面上方から迫り来るインベーダー（敵キャラクター）を、左右に移動できるビーム砲で撃ち、インベーダーを全滅させることを目的とする。喫茶店の店内のテーブルをいくつも、インベーダーゲームができるテーブルに置き換えるくらい大流行した。

ゃうよ。お父さんは、いつも家の前の空き地で、下は三〜四歳児から、上は小学校六年生くらいまで、いつも十五人ぐらいの集団で一緒に遊んでいた。遊びは、鬼ごっこや缶蹴り、凧揚げやメンコやコマ回し、仮面ライダースナックのカードの交換など、たわいもない遊びさ。そんな職業や価値観、経済力も全く違う親の子ども達が、年齢も違う子どもの集団として、一堂に会して遊んでいたんだよ。当然、リーダーを演じる子や虐める子、それをかばう子などの役割分担が自然とできた。これが、大人になってからの社会性を学ぶ、最初のチャンスだったんだよ、ノリちゃん。

これらは、まるで野良猫の子猫達が育っていくように、自然に身に着けていく感覚なのさ。ノリちゃんも公園に行って、色んなワンちゃん達に毎日挨拶するでしょ？　ノリちゃんのような柴犬もいれば、ダックスフントやブルドックもいる。大型犬もいれば、チワワの様な超小型犬もいる。それがイヌでも人間でもホントの社会さ。

でもね、ノリちゃん。お父さんが幼稚園の入園式の時に、お父さんの脳に衝撃が走ったんだ。そう、同じ年の子どもが集団でいるのにとても違和感を覚えたんだ。今でも昨日のように鮮明に覚えていて忘れることができない。そして、幼稚園の入園式のあと、各クラスに園児が戻って、自分の帽子に名前を書くという事があった。その時のことだ、ノリちゃん。

お父さんはませていたので、四歳だけど「ひらがな」で自分の名前は書くことができた。そして、そこに自分の名前を書こうとした。ところが当然、名前を書けない子どもの方が多い。お父さんは、私は、名前が書けるほうが優秀だとか、偉いとかは全く思っていなかった。だって、いろんな子どもがいることを、近所の子どもの社会や親の職業やそこの従業員を見て知っていたからさ。その時、ある子が、〔お母さん、僕の帽子の内側に名前書いて！〕と甘えたんだ、まるで家の中の様に…。すると、その子がお母さんに甘え始めたので、他のみんなが各母親に甘え始め、幼稚園のクラスは※カオス状態になってしまったんだよ。我も我もと、甘えん坊の子どもが母親に甘え始めたんだ。それを見ていた先生が、急に不機嫌な顔になったので明確に覚えている。お父さんは、ノリちゃんと同じように、人が何を考えているのか小さいときから分かった。だから、先生の脳の中に、とても困っているのが見えてお父さんも一緒に困ったんだよ。お父さんは、この光景を幼稚園児なりに見て、『大衆とは、なんて愚かな人達なんだ』と、そう思った。いや、もちろん、四歳児だから、こんな言葉で思ったわけじゃ

※カオス状態
混沌とした状態、秩序のない混乱した状態

ないんだけど、そういう概念が沸き上がったんだ。ノリちゃんが子どもの頃にお散歩で他の犬を見て思った事と同じさ。今でも忘れられないよ。さっき言ったように、幼稚園入園前の周囲の子達は全員年上で、腕力もあって逞しく、字も書け、勉強もして、知識もあり、そしてそれぞれが商売人の子どもだったから、お父さんが近所の子達とママゴトをしていても、商売の後を継ぐとか、自分はこの商売をしたくないなど、自分達が将来何をするかという哲学を子どもながらにも持っていたから、この光景をみて、〔こいつらは、何も考えていない、なんの哲学もない子どもだ。ただ年齢が同じというだけの集団だ、こんな恐ろしいものはない、大衆とは愚かなものだ！〕そう思ったのさ。まあ、さっき言った通りで、こんな言葉は四歳児だから使えないけど、こんな思案が湧いたのさ』

とまあ、そんなこともあって、我が家ではバラエティー番組も見ないし、ドラマもみないので、ケーブルテレビのニュース番組とニュース解説番組だけしか見ず、さらにお父さんがそれを僕に解説するのが晩御飯の景色だったんだ。

そこで、お父さんがこう言ったのさ。

「ノリちゃん、また新しい病気が流行し始めた。でも、人間と病原体は共生しなきゃいけない。だから、病原体は気を付けなければならないけど、逃げることはできない。いま、台湾が※WHOにこの病気が何かおかしいと告発しているけど、中国の態度が何か変だ。いや、変なのはWHOかもしれない。ノリちゃん、よく覚えておくんだよ」

僕はこの言葉を鮮明に覚えている。

五

さて、年は明けて、令和二年になった。

昨年末、新型SARSウイルスと言われていたのは、SARSではなくて、新しいコロナウイルスであることが分かり始めた。最初は「武漢ウイルス」と言われていたのに、中国とWHOのテドロス事務局長の圧力で、新型コロナウイルスに名前を変えられてしまった。

僕は当初、新型コロナウイルスは武漢で製作された開発途中の新型兵器だと思っていた。そもそも武漢には二つの生物兵器の研究所があり、

※WHO
世界保健機関、人間の健康を基本的人権の一つと捉え、その達成を目的として設立された国際連合の専門機関（国際連合機関）

そのうちの一つはＳＡＲＳが大流行した翌年、当時の国家主席胡錦涛が、当時のフランス大統領シラクに頼んでできた微生物研究所である※Ｐ４研究所だ。これは隠す物でも何でもなく、公の事実なんだけど、実際は微生物研究所ではなく、生物兵器の研究所だったんだ。そもそも、この研究所は、フランスのメリュー財団が設立したメリュー生物化学兵器研究所に由来する。その後、胡錦涛の後を習近平が国家主席を継ぎ、習近平もこの研究所に来ているんだ。だから、この新型コロナウイルスが武漢で発症した当初から「人工的な物がこの中国の研究所からもれた」というのがフランスの解釈だった。事実、二月には例によって日本のメディアでは誰も言わなかった。こういうことは、日本語で検索を掛けてもGoogleでは出てこないのだ。

　そもそも、この四月から、地上波ＴＶ放送の検閲レベルで、インターネットＡＩによる検閲が始まっている。お父さんのYouTube番組やFacebookもこのＡＩによって何回か削除されている。ネットも日本政府が検閲し始めているのは、放送業界では公の事実だ。そして、人工ウイルスである一つの証左として、今年初めにテキサス大学オースティン校と国立衛生科学研究所が世界で最も権威ある科学論文誌であるサイエンスに「新型コロナウイルスの表面スパイクに、※ＨＩＶのgp120（エンベ

※Ｐ４
バイオセーフティーレベル。細菌・ウイルスなどの微生物・病原体等を取り扱う実験室・施設の格付け。４段階のリスクグループがあり、それに応じた取り扱いレベルが定められている。グループ４は、ヒトあるいは動物に生死に関わる程度の重篤な病気を起こし、容易にヒトからヒトへ直接・間接の感染を起こす。有効な治療法・予防法は確立されていない。多数存在する病原体の中でも毒性や感染性が最強クラスである。「レベル４」の実験室はよくＰ４と呼ばれていた。

ロープ糖蛋白）や Gag（構造蛋白）由来に類似の配列が組換えで四か所挿入されている」と論文投稿したものがある。コロナウイルスにはいくつかのタイプがあり、これはそもそも人間がひく〔風邪〕なんだけど、従来型のコロナウイルスではこのようなスパイク（突起）は認めないのだ。その論文の題名に"Uncanny"（不気味）とあるけど、論文が正しければ、人為的なウイルスである可能性が高い。原題は **Uncanny similarity of unique inserts in the 2019-nCoV spike protein to HIV-1 gp120 and Gag** なのだか、現在はネットで検索しても出て来なくなってしまった。世界的に大いなる力が動かしているのは犬の僕でもわかる。三月中旬には、トランプ大統領が「わたしと習近平はウイルスが何処から来たのか知っている」とさえ、会見で示していたしね。

犬だけど、僕の解釈はこうだ。

この人工ウイルスが、武漢の微生物研究所の研究者の安易なヒューマンエラーで漏れた。でも、このウイルスは、※ＭＡＲＳの様な、いわゆる殺人兵器ではない。人工的あるいは人為的に作られたとしても病原性は低い。そして、このウイルスの漏洩《ろうえい》を隠蔽して習近平にばれない様に、つまりエラーをした者が粛清《しゅくせい》されない様に情報をねつ造し、中国共産党

※ＨＩＶ
「ヒト免疫不全ウイルス」の略。ＨＩＶは体内のＴリンパ球やマクロファージに感染し、免疫に必要な細胞を減少させる作用がある。

※ＭＡＲＳ
平成24年9月以降、サウジアラビアやアラブ首長国連邦など中東地域で広く発生している重症呼吸器感染症。また、その地域を旅行などで訪問した人が、帰国してから発症するケースも多数報告された。元々基礎疾患のある人や高齢者で重症化しやすい傾向がある。

内部で忖度に忖度を重ねて上部にウソの報告をしてもみ消そうとした。しかし、もみ消すことが出来ないくらいに感染が武漢市全体に蔓延し、医療崩壊が起こって武漢市を閉鎖する以外方法が無くなった。

中国を含め、共産主義国家は、平気で自国民を粛清する。粛清するとは、要するに殺すことだ。ソビエト連邦のスターリンの大粛清は有名だ。レーニンの死後、当時の共産党には、左翼とされたトロツキー派と右翼とされたブハーリン派のスターリンと敵対した政治勢力が二つ存在した。一九二九年に行われた政治的粛清でトロツキーは国外追放され、ブハーリンは共産党を脱会させられた。当初は党内粛清で、強制的な脱会や、国外追放だったが、スターリンの政策が次々と失敗していくと、第一次、第二次モスクワ公開裁判と大粛清が始まり、最終的には推定で七〇〇万〜一二〇〇万人の自国民を殺したのだ。毛沢東は六〇〇〇万〜八〇〇〇万人を粛正したと言われ、一九七五〜七九年のポルポト政権時は、カンボジア全人口の二〜三割にあたる一五〇〇万〜二〇〇〇万が粛清された。現在の北朝鮮も同様だ。ああ、僕は現代の日本のしかもお父さんの家の犬に産まれて幸せだ！犬だって殺処分されているから、これら共産党が政権を取る国のトップによって粛清された人々の気持ちは良く分かる。だから、習近平に殺されまいとして、ウソにウソを塗り固めて感染爆発を食い止められなかったのだろう。

さらに、ＷＨＯ会長のテドロス・アダノムはエチオピア人だ。エチオピアは中国からザブザブに補助金をもらっているのは周知の事実だ。二月初頭には完全に習近平にやられ、テドロスは中国の安全宣言まで出してしまった。この時点で世界中に感染が拡大するのは目に見えていた。アメリカは中国と貿易戦争をしているので、中国の凋落を喜んで見ていたが、自国が危険にさらされると、アメリカも手のひらを返した様に感染拡大阻止の為に封鎖処置を開始した。ここまでは中国のミス、補助金が中国から欲しかったエチオピア、中国が嫌いなアメリカとその犬の日本という構図だった。あ、犬である僕自身が差別用語の犬と言ってはいけないね。

ところが、このパニックをきっかけにカネ儲けをしようとしたのがハザール系ユダヤ人であるアシュケナージ、つまりロスチャイルド＆ロックフェラーであるディープ・ステートだ。誤解してはいけないのは、彼らアシュケナージはいわゆる白人ではない。もっというとアーリア人ではない。彼らが最も嫌いなのがキリスト教徒の白人だ。製薬会社もオイルマネーも穀物メジャーも金融も、そして※ＦＲＢも全てアシュケナージが支配している。

※ＦＲＢ（連邦準備理事会）
日本における日銀と同じ、アメリカの中央銀行制度の最高意思決定機関。

ここで重要なのは、新形コロナウイルス感染が当初、ロシアには非常に少なかった事だ。現在のロシアはアシュケナージの影響が極めて少ない。何故ならば、プーチンがそのアシュケナージの勢力の排除に成功しているからだ。深く理解するには、日本人はソビエトがロシア革命によって成立した国家、という洗脳を解かなければならないと僕は思う。通説では、一九一七年に起きたロシア革命とは、皇帝ニコライ二世の圧政に苦しむロシア人が蜂起して帝政ロシアを転覆させ、二回の革命を通じて労働者と兵士らが自治組織（ソビエト）を構成して世界初の社会主義国家を樹立したことになっているが、真実は全く違う。歴史の真相とは、亡命アシュケナージ系ユダヤ人が主導し、そのユダヤ人を解放するための革命だ。国外に亡命していたアシュケナージ系ユダヤ人が、イギリス金融機関であるシティ（これもアシュケナージ系ユダヤであるロスチャイルド）やニューヨークのアシュケナージ系ユダヤの国際金融勢力の資金支援によって、ロシアの少数民族であるユダヤ人を解放するために起こした革命だった。そもそも、ドイツ出身ではあるが、革命思想としての科学的社会主義であるマルクス主義を立てたカール・マルクスはユダヤ人だし、それに基づいてロシア革命を指導したレーニンも四分の一はユダヤの血だ。しかし、共産主義革命が失敗に終わると判断したアシュケナージ系ユダヤであるディープ・ステートはソ連を捨て、これによって東西冷戦は終わり、新たにアシュケナージ系ユダヤ人金融機関を世界の中心とする、いわゆるグローバル経済の確立を彼らは目指したんだ。そして、ディープ・ステートはロシアの石油会社の乗っ取りを画策し、これに対抗するために、ロシア人として強大な権力を必要とするためにウラジミール・プーチンは独裁力を強め、欧米のユダヤ系指導者・ロスチャイルド家と関係の深い石油大手会社ユーコスの社長 だったホドルコフスキーを脱税容疑で逮捕して国外追放してアシュケナージ系ユダヤ人の手からロシア人の手にロシアを取り戻した。

犬の僕が言うのもなんだが、これが東西冷戦の終焉とプーチン台頭の真実だ。この構図から、新型コロナウイルス蔓延が、なぜロシアに当初広まらなかったのかが垣間見られる。現在のロシアは自前で天然ガスが取れる資源大国であるのみならず、量子医学を発明した国家だ。お父さんが始めた量子医学の祖は旧ソ連にあるからだ。

ウイルスは生命体ではない。ウイルスはタンパクの中に核酸であるDNAまたはRNAが入っているだけの構造だ。当然、自己増殖できない。ウイルスはそのウイルスの表面にとげの様に飛び出したスパイクが生命体の細胞膜に入り込み、そこからＲＮＡを送り込んで、宿主の核酸コピーのシステム、つまり核酸の転写と増幅回路であるリボソームなどを勝手に拝借して自己増殖する。

つまり、生命体ではないから、殺菌することができない。だから、ウイルスが、宿主の生体内で自由に自己増殖できないようにすることを殺菌ではなく「不活性化」というんだ。これが、お父さんが量子物理学的治療を導入しようとした最も大きな理由だ。

量子物理学を使わなければ、ウイルスは生体内で不活性化できない。アビガンやレムデシベルなどは、全てＲＮＡの転写をニュートン物理学的に阻害する方法だ。これら生化学的薬品だけでは、ウイルスを不活性化するのを完全に遂行することはできない。ロシアの感染が同じヨーロッパにある他の諸国にくらべて極小だったのはここにヒントがある、とお父さんは見ていた。

この機に乗じて、ＦＲＢは新型コロナウイルスによる世界経済恐慌を上手く仕掛けた。ＦＲＢもアシュケナージ支配の巣窟《そうくつ》だ。だから、決してＦＲＢやシティやニューヨーク金融機関などが新型コロナウイルス感染を武漢市に仕掛けたのではないと僕は思う。それは、日本がバブル崩壊時、リーマンショックの時、※プラザ合意の時、そして先の大戦の敗戦時に、ＦＲＢによって日本の資産を安く買い叩き、そしてＦＲＢを太らせたのと同じ構図だからだ。そう、彼等は事件を起こすのではなく、事件を上手く利用する。

六

洗脳されている日本国民は、このような事実を何も知らない。僕は、お父さんから毎日話を聞いているから、二月上旬ごろからピンときた。

今回も以前のケースにそっくりだ。日本は経済が上向きになる度にアメリカの赤字国債を買わされ、軍事費をアップさせられてきた。いまも、※イージス・アショアの問題が起きている。金本位制を捨てたニクソンショック以降、ＦＲＢは危機を煽り、戦争を仕掛けることで基軸通貨であるドルを守り、そして、国際金融資本の弱い国に対しドルを貸付け、相手国民を奴隷化する。日本は円が国債基軸通貨であり、変動相場制をとり、かつ国債を円建てで発行してその殆どを日本人が買っているので、金融的にはアシュケナージの支配は少ない。だからこそ、日本の経済は

※プラザ合意
１９８５年９月、先進５か国（Ｇ５）蔵相・中央銀行総裁会議により発表された、為替レート安定化に関する合意の通称。

※イージス・アショア
政府は２０１７年、アメリカから、イージス弾道ミサイル防衛システムを導入するとしていたが、この計画を、２０２０年６月河野太郎防衛相が撤回した。

戦後ずっと強かった。しかし、その日本の経済を弱体化させるためには、日本の金融システムを破壊しなければならない。その為の作戦が、ディープ・ステートがグローバル経済の名の下、日本の金融破綻論というウソを日本中に知らしめ、日本の経済を弱体化させることなのだ。

日本の頭脳の英知が集結する東京大学法学部、もっとも偏差値の高い大学であり学部だ。その中から国家公務員第一種（現在の国家公務員総合職）試験を突破し、その中でも最も成績の良いものから財務省に入る、エリート中のエリートだ。その最初のゴールであり、頂点が財務省事務次官だ。さて、その事務次官より先はどこにあるのか？　それが国際通貨基金、つまり※ＩＭＦだ。

日本はＩＭＦナンバー2の座を財務省ＯＢが死守している。ＩＭＦで、日本は米国に次ぐスポンサーで四代連続、財務省ＯＢがナンバー2の座を守った。副専務理事はトップの専務理事を支える立場で、各国の財政、金融当局に当然強い影響力を持つ。また、財務省ＯＢにとって、ＩＭＦに行くということは非常に名誉なことなのだ。この地位や名誉が欲しくて、あるいはそういう人間が東大に入る。

そのＩＭＦがすることの目的の一つが日本経済を弱体化させることなのだ。日本は敗戦の後、驚異的な復興で世界第二位の経済大国になった。

※ＩＭＦ（国際通貨基金）国際金融、並びに、為替相場の安定化を目的として設立された国際連合（国連）の専門機関。2018年現在、加盟国は189か国。各国の中央銀行の取りまとめ役のような役割を負う。世界銀行と共に、国際金融秩序の根幹を成す。

そこで、プラザ合意で日本を弱体化する作戦をとられたが、見事に内需拡大路線に成功してバブルを迎えることになった。※JAPAN as No.1 とまで言われた。その日本を弱体化するためにディープ・ステートが考えたのが大型間接税である消費税なのだ。

ＩＭＦのクリスタリナ・ゲオルギエヴァ専務理事は、日本は増え続ける高齢化のコストをまかなうため、消費税率をさらに引き上げる必要があるとの考えを示した。どう考えても余計なお世話なのだが、財務省の上部団体であるＩＭＦのトップの専務理事が言うのだから、財務省はそうせざるを得ない。これが、プライマリーバランスの黒字化の日本の国際公約だ。プライマリーバランスとは、社会保障や公共事業をはじめ様々な行政サービスを提供するための経費、つまり一般歳出の政策的経費を税収等で賄うときの指標だ。現在、日本のプライマリーバランスは当然赤字だ。その赤字を国債で補っている。これを国債で補わないで、消費税で補え！と言っているのだ。

ゲオルギエバ専務理事は「ＩＭＦの見立てでは、消費税率のさらに段階的な引き上げは可能だ。二〇三〇年までに消費税を15％に引き上げる必要がある」と述べている。さらに、ＩＭＦの声明では、日本の消費税を二〇五〇年までに20％まで引き上げる必要があるとまでしているのだ。

※JAPAN as No.1
社会学者エズラ・ヴォーゲルによる１９７９年の著書。戦後の日本経済の高度経済成長の要因を分析し、日本的経営を高く評価している。

なんと図々しい！　犬の僕だって、子猫が赤ちゃんのときは、僕のエサから一割くらいはあげたけど、大人になった猫に二割も僕のエサを取られるのは理不尽さ。そもそも、日本の財政を国債無しですするなんて不可能。いや、世界のどの国も国債を発行して、財政を行っているのだ。

日本人の多くの人は、まだ金本位制の癖が残っている。つまり、貨幣は銀行に行ったら金と交換できる、あるいは金には交換できなくても、通帳を持っていけば、現金が貰えると思っているのだ。

これはとんでもない間違えだ。国のお金と、人間が働いてもらうお金、つまり給与とは決定的に異なる。

会社が生産やサービスなどで新たな価値観を生み出したときに、利益が出る。これを数値化したものがカネだ。日本では円だ。そのカネが給与として貰える。

では、そもそもそのカネというのは何処にあるのか？　銀行に札束が保管してあるのか？　それとも金塊が銀行の金庫に保管されているのか？

答えはノー！　それはルパン三世のアニメの世界だ。実際、市場あるいは金融機関で流通している円に対して、貨幣はたった17％しかない。残りの83％はコンピューター上のデータだ。もっというと、そもそもニクソンショック以降は、世界の通貨は既に仮想通貨なのだ。

資本主義社会では、カネは政府が紙幣を印刷して作るのではない。政府が国債を発行し、これを政府銀行（日本では日本銀行）が買い取ることでカネが生産される。そのカネの発行量は、国民が一年に生産した新しい価値をカネに換算したもの＝ＧＤＰを２％程度まで超える金額にしなければ、財政は決して破綻しない。これを超えるとインフレ、これを下回るとデフレになる。

そう、カネは政府が作り、そのカネを使ったものが負債であり、もらったものが資産なのだ。この記録が貸借対照表なのだ。

そう、我々はお金が発行できない。だから有限だ。なので、我々がお金を使えばどんどん負債が増える。借金は友達でも親子でも返さなければならない。

でも、経済活動によって新たに社会に価値が増えれば、当然通貨量は増やさねばならない。以前の車は、マニュアルミッションでエアコンもないしカーナビも無かった。しかし、オートマチック、エアコン、カーナビどころか、自動運転やハイブリッドの電池やモーターが付けば、その付加価値が付いた分、当然自動車の値段が上がる。日本国の通貨量が一定なら、みんなはこの新しい車は買えない。だから、通貨量を増やさねばならない。このコントロールをするのが政府であり、それを担当するのが財務省なのだ。そう、これが資本主義社会なのだ。

犬の僕でもよ〜く分かっている。

これを、ディープ・ステートは、家庭があたかもマンションのローンを返さなければならないような洗脳をＩＭＦに所属する財務省ＯＢ達に掛けているのが現状なのだ。これが、日本の財政破綻論の真相だ！

だから、日本国のように、自国通貨を発行する政府は、市場の供給能力を上限に、貨幣供給をして需要を拡大することができるのだ。これをＭＭＴ（Modern Monetary Theory）という。僕がお父さんから習った事だ。だが、かつてのギリシャ危機のときのように、ギリシャがドル建てやユーロ建てで借金すると確かに財政破綻する。そう、自国建て通貨でない国、韓国のように自国建て通貨であっても、国債基軸通貨でない国は、ＭＭＴは通用しない。

ＭＭＴは、経済成長が管理されている範囲内での財政赤字の拡大を容認する。だから、政府は緊縮財政ではなく市場の供給能力を上限に景気対策に専念すべきだし、それを日本はずっとしてきたから、戦後の復興も出来たし、バブルも起きたんだ。このＭＭＴがまるで無いが如くに洗脳しているのが、ディープ・ステートが支配しているＩＭＦであり、洗脳されているのが財務省ＯＢであり、そのＩＭＦという名誉職に就きたいのが現職の財務省の役人であり、その財務省の役人の塊が財務省だ。

しかし、このウソは一瞬にして瓦解した。だって、新型コロナウイルス騒動で、あれだけ財政破綻を煽っていたのに、一次と二次補正の一般会計総額はなんと五七，六兆円という、日本建国以来最高額の国債を発行したのだ。

あれ？ ほら財政破綻していないでしょう？

そう、今回の新型コロナウイルス騒動で良かったことは、本当はMMTで日本国は経済が動いていて、ディープ・ステート達が洗脳したような財政破綻は絶対に日本国では起きないのだ。

そう、現在の世界のこの状況を僕は、これは形を変えた第三次世界大戦だと思うんだ。

第一次世界大戦はオーストリアの皇太子が暗殺されたのを無理やり世界大戦に仕向け、第二次世界大戦は、ドイツがアシュケナージユダヤ人を排斥したのをきっかけに無理やり世界大戦に持ち込んだ。僕はヒットラーを礼賛するわけでは決してないけど、ヒットラーは良いことも沢山している。特に、第一次世界大戦での賠償金を解決するために経済の立て直しをしたことや、※アウトバーンなどの都市整備をしたことは、もっと評価されなければならないと思う。お父さんがよく言っていることだ

※アウトバーン
ドイツ・オーストリア・スイスの自動車高速道路。速度無制限区間がある。

けど、通説や感情で物を見るのではなく、科学的手法である事実の集計と統計など数学による事実の分析によって物事を見る目を持たないと、直ぐ洗脳されてしまう。

だから、今回の新型コロナウイルスの問題も、垂れ流された情報を鵜呑みにするのではなく、客観的な事実の積み上げで感染とその拡大・終息を分析し、起こった事実をどう捉えるかは、ビスマルクが言っている様に過去の歴史から学べばよいのだ。今回の世界戦争である第三次世界大戦は、核戦争ではなかった。生物兵器での戦争、その後の情報戦争と経済戦争なのだと僕は思う。

そして、第二次世界大戦での教訓である、ロシアと中国が体力を温存して最後に出てきて何かをする、ということに、僕ら日本人はそろそろ気が付かなければならない。

あ、僕は犬だけど、日本人の仲間のつもりだよ。

今回の新型コロナウイルスに関する政府の見解も発表も、戦前の大本営と全く同じだ。絶対に信用してはいけない。いまこそ、マッカーサーによって禁止された、世界一を誇った我が国の※地政学を復興しなければならないのだと僕は思う。

そして、新型コロナウイルス感染を止めることができるのは、現時点

※地政学
地理的な環境が国家に与える政治的、軍事的、経済的な影響を、巨視的な視点で研究するものである。

での科学では、量子物理学を応用したテクノロジーが最も効果的かつ迅速だと僕は思う。

お父さんとそのグループは、この量子物理学的テクノロジーを用いて、新型コロナウイルスを不活性化する方法を、内閣府を経由して厚生労働省に直訴して検査してもらった。また、外国人記者クラブでこの量子物理学的方法が、新型コロナウイルスの不活性化に有効であるエビデンスを示す記者会見を開くことにした。また、東京都の小池百合子知事にも面談して、この量子物理学的に新型コロナウイルスを不活性化する説明をする面談のアポイントも取った。

しかし、全て直前になって、キャンセルされてしまった。そう、いずれも大いなる力によって阻止されたんだ。でも、彼らには責任はないと思う。そう、総理大臣や都知事ですら、ディープ・ステートの前では無力なんだ。だから、さらにその下のお役所や役人なんて、お話にならない。TVや新聞どころか、ネットなどの新しいメディアも、既存政党も、役人も、既にディープ・ステートによって完全に支配されている。このままではアリが象と戦う、いやゾウリムシが※ティラノサウルスと戦うより厳しい状況だ。

「ノリちゃん、戦いで正攻法がとれるのは、圧倒的な力と数をもってい

※ティラノサウルス
北アメリカ大陸に生息していた大型肉食恐竜。

るときだ、と孫子の兵法に書いてあるでしょ。この状況は孫子の兵法の通り。このような時は、さてどうしたらよかったのかな？」

う〜〜ん、お父さん、僕はまだ孫子の兵法の話はちゃんと教えてもらっていないよ！　お父さん、僕は喋ることができないから、目で訴えるから教えて！

お父さんは僕の目を見ると、何もかも分かったような顔をして僕に喋りだした。

「そうだね、ノリちゃん。まだ孫子の兵法は教えてなかったね。こうだよ、ノリちゃん。正には奇、奇には正だ。相手はとんでもなく巨大な組織だ。お父さんと犬のノリちゃんには正攻法ではとてもかなわない。だから、奇策で行くしかないんだ。孫子の兵法にはこうある。『凡そ戦いは、正を以て合い、奇を以て勝つ。故に、善く奇を出す者は窮まり無きこと天地の如く、竭きざること江河の如し。』

…お父さん、僕はまだ漢語は習ってないよ…。

お父さんは、まるでテレパシーのようにこう目で訴えた。

「ごめんごめん、そうだったね。これは日本語でこういう意味なんだ。『一般に、戦闘においては正攻法によって相手と向き合い、奇策を用いて勝利を収めるのがよい。だから、奇策によく通じた者の打つ手は天地のように無限であるから、揚子江や黄河のように尽きることがない。』という意味なんだよ。ノリちゃん、去年の令和元年十月十八日は何の日か知っている？　そう、奇しくもお父さんの誕生日だよね？本当にお利口さんの犬だね。お父さんはとても頭のいいノリちゃんを尊敬しているよ。しかし、この日にはもっと大事なことがあったんだ。それは、ジョンズ・ホプキンス大学主催で、ニューヨークにおいて※〔フォーラム201〕というのが開催されたんだ。そのフォーラムで、こんな事が報告されたんだ。ブラジルでブタから新型コロナウイルスが発生し、これが世界流行した、と。そして、翌月の十一月に中国の武漢で実際に新型コロナウイルスが実際に広まった。この〔フォーラム201〕開催のスポンサーは世界経済フォーラム、つまりダボス会議のメンバーと、なんとビル・ゲイツ財団だったんだ！　マイクロソフトのビル・ゲイツは当然、アシュケナージユダヤ人。さらに、マイクロソフトは新型コロナウイルスのワクチンも開発しているし、ビル・ゲイツは今年、外国人に与えられる最高の栄誉「旭日大綬章」を日本から与えら

※フォーラム201
２０１９年10月18日にジョンズ・ホプキンス健康安全保障センター、ＷＥＦ（世界経済フォーラム）、ビル・アンド・メリンダ・ゲイツ財団がニューヨークでイベント201を開催した。ここでコロナウイルスの世界流行＝パンデミックのシミュレーションが行われていた。

れている。いいかい、ノリちゃん。これは陰謀論でも何でもない真実だ。ノリちゃんは前足だからパソコンが使えないけど、今でもネットで調べれば、お父さんが言ったことが〔フォーラム201〕の記事として閲覧できる。さあ、ノリちゃん。一体なにが世界で起こっているのか考えてごらん。こんな巨大な敵と、お父さんとノリちゃんが闘うんだ。医師会に訴えたり、お父さんが議員になって総理大臣になっても勝てない相手だ。さて、ノリちゃんだったら、どんな奇策にうってでるかな？」

う〜ん、何かとんでもないことが世界で起きているんだ。僕は犬だけど、僕とて地球の生物だから無視するわけにはいかない。お父さんは続けてこんなことをいったんだ。

「いま、マイクロソフトと複数のＩＴ企業、世界最大の経営コンサルティング会社のアクセンチュアや製薬会社などを含む一五〇社、ロックフェラー財団が※〔ID2020 プロジェクト〕というのを始めようとしている。〔ID2020〕とは、体にマイクロチップを埋め込み、ブロックチェーン技術を使って一種の個人のデジタル証明書とし、ワクチンの接種記録を維持するために使用されるんだ」

※ID2020 プロジェクト
世界77億人全てにＲＦＩＤマイクロチップが埋め込まれる社会を実現化するための計画。ＲＦＩＤとは、ＩＤ情報（個人の情報ほぼ全て）を埋め込んだＩＣチップから、電波を使って、管理システムと情報を送受信するデバイス。プロジェクトに共同参加しているのは、マイクロソフトと複数のＩＴ企業、世界最大の経営コンサルティング会社のアクセンチュアや、製薬会社などを含む１５０社、ロックフェラー財団、ＧＡＶＩ（ワクチンと予防接種のための世界同盟）と複数の国連機関など。

え！僕達犬や猫でも、今度からマイクロチップを埋め込まれることになったけど、人間まで家畜にされてしまうのか…。そうなると、増々アリと象との戦いだ。なんとかしなければ。だって、僕はこの世に生を受けたからには、何かこの世を良くしてから死にたいと言ったでしょ？僕は犬だけど、この世に生きた足跡をなんとか残したい。でも、犬のままではダメだ。なんとか僕は人間になることはできないのだろうか。

神様！僕を人間にしてください！僕はお父さんが大好きです。とても尊敬しています。だから、お父さんを助けて、人類も助け、そして地球も宇宙も、神様の作ったすべての創造物を幸せにしたいんだ！神様、お願いします！

七

…それから長い時間が過ぎました。

ノリちゃんは生ある限り、お父さんと一緒に散歩で通る神社で毎日毎日、創造主である神様に祈りました。いつもいつも、ノリちゃんは地球を良くすることを、宇宙を良くすることだけを考えて祈りました。

さらに長い長い年月が過ぎました。どうしても動物の寿命は人間より短いです。あれから、ノリちゃんやサクラちゃん、子猫達、インコ達にもいろいろなことがありました。

そして、人間の子ども達も成長し、ノリちゃんを飼おうと言った、人間のお兄ちゃんであるタカちゃんお兄ちゃんは結婚しました。そして、玉のような可愛い双子の男の子と女の子が産まれました。その男の子も、吉野家のルールに則り、四文字で下の名前には「明」がつけられ、女の子には植物の名前をつけました。でも名前はここでは言えません。

双子はノリちゃんのお父さんにとっては初孫でした。ノリちゃんのお父さんは、ノリちゃん達を育てたように、毎日、仕事の話やニュースの話を赤ちゃんに聴かせて育てました。ノリちゃんのお父さんは、もう一度、ノリちゃんを育てたような気持になりました。

さて、双子の赤ちゃんが生まれて一年半。そろそろ※喃語《なんご》から少しずつ、日本語のような言葉を話し始めるようになりました。そして三歳になったときに、男の子はこう言ったのです。

「お父さん、長く待たせてゴメンね。僕とサクラが人間に生まれ変わ

※喃語
乳児が発する意味のない声。言語を獲得する前段階で、声帯の使い方や発声される音を学習している。

ったんだよ！ 今度は人間になったから、お父さんの仕事を一生懸命手伝うよ！ サクラは名前の通り女の子に生まれ直したよ。僕はお父さんと一緒にこの世を良くするんだ。お父さんが死んでも、僕がきっと後を継いでやり抜いて見せるよ！ サクラは命の恩人の小さいお兄ちゃんに恩返しをもっとするために生まれ変わったんだ！お父さんと約束した孫子の兵法、生には奇、奇には正だ。これが僕の考えた奇策だよ、お父さん！いや、お爺ちゃん！お爺ちゃん、これからまた毎日、お話を聞かせてね！」

【吉野 教明（よしの のりあき）プロフィール】

平成 25 年 11 月 1 日（蠍座）、長崎県雲仙市国見町に生まれる。
満 6 歳（2020 年 8 月現在）。犬種は、黒柴、巻尾。
父 菊千代、母 甲斐姫の間に生まれる。
姉と妹が 1 人ずついる。血液型は不明。
家系図は、4 代先まで辿れる。
職業は、番犬と作家。

僕はノリちゃんである

2021 年10月23日　第 3 刷発行

著　者　吉野 教明
発行者　釣部 人裕
発行所　万代宝書房
〒170-0013 東京都練馬区桜台 1 丁目 6-5
ワタナベビル 102
電話 080-3916-9383　FAX 03-6914-5474
ホームページ：http://bandaiho.com/
メール：info@bandaiho.com
印刷・製本　日藤印刷株式会社

落丁本・乱丁本は小社でお取替え致します。

ISBN　978-4-910064-25-3　C0093

装丁・デザイン／伝堂 弓月